佛의 불자도 모르는 고얀 것

불교시 모음

佛의 불자도 모르는 고얀 것

김장동 시집

새미

버팀목

팔순을 넘긴 나이임에도 삶을
어떻게 살았는지 모르겠고,
문학이 무엇인지는
더더욱 모르겠다.
글을 쓸 때는 꿈 많은 소년
글을 쓰지 않을 때는
아흔아홉 나는 치매 할배.

하늘에 덩그렇게 걸어둘
시 한 줄 썼으면
하는 바람이 팔순을 산 버팀목이려니…

팔순을 즈음해 불교와 관련된 시집 한 권쯤 묶고 싶었다. 출간한
시집이나 미발간 시집에서 가려 뽑아 제목도 바꾸고 수정도 했다.

이 시집을 고승에게 보인다면 "불자는 공자 앞에서 문자를 읊
는다는 속언도 모르는가. 감히 누구에게 시집을 들이밀어. 佛의
불자도 모르는 고얀 놈 같으니…"하고 일갈—喝할 것 같다.

2023년 연말에, 지은이 적음

목 차

6. 풍경소리　　　　　　　　　119

1.

작은 맛 큰 맛

하늘밥상

불령산 끝자락 청암사靑巖寺
육화료六和寮 선덕실에서는
한 달에 한 번, 매월 첫째 주 일요일이면
절을 찾은 중생에게
하늘밥상을 마련해서 공양을 베풀어.

시식은 원추리나물부터 먹게 해
무거운 마음 가시게 하고
마늘 등 오신채* 넣지 않은 냉이,
취나물, 시래기, 콩나물, 무나물은
달착지근해서 입안에 살짝 달라붙어.

---

* 오신채五辛菜- 마늘 파 부추 달래 홍거(무릇) 등 자극이 강한

손으로 버무린 겉절이는 고소해
고수로 대접받고
갓김치는 짜지도 맵지도 않으며
감자부침은 살캉살캉,
묵은지는 아삭아삭
이 모두가 혀의 향연,
부처님의 하늘밥상 아니겠어.

덤으로 선까지 체험했으니
오늘 하루는 극락이 부럽지 않으리.

만남

겨울이 끝나기 그 즈음쯤 해서
'얼지 않으니까, 심어요.
어떻게 할 도리가 없으니까.'
무엇을 심느냐고
물으면 '너무너무 아쉬워
두고 보다 못해
떨어진 고드름을 주워 얼음에 심어요.'
하고 시침을 뚝 따는 스님.

심은 고드름이 녹으면
슬픔이 적어진다는
선답禪쫌이 일품인 비구니 스님을
그 겨울의 끝에서
만났으니 전생에 업보로 만남일 테지.

아궁이

아궁이에 장작불 때고 있으면
성내고 화내는 마음,
어리석은 마음이나
곱고 미운 마음을
아궁이에 집어넣을 수 있고
또 때로는 탐심, 욕심이 생기는 것까지
집어넣을 수 있어.

아궁이에 장작불 때면서
없는 것 탐내기 보다
가진 것, 있는 것을 태우는 것이
수행인 것을 불질하며 깨달았음이니…

겨울왕국

얼음꽃 활짝 핀 겨울 나뭇가지에
여린 바람이라도 스치면
크리스털 잔이 달그락거리며
부딪치는 소리가 무색해.
그 소리 듣고 그냥 지나칠 수 없어
꼭꼭 숨겨둔 설탕 찾아서
한 줌 쭉 뿌려 두면
아이스케이크는 저리 가라지.

스님은 차를 대신해서
나뭇가지 케익을 먹으며 참선에 든다니,
겨울왕국의 부처를
자처하고 있음은 아닐 터이지.

인연

전생에 너는 빛으로
나는 그림자로
두 몸 하나 되어
도리천* 거닐며
빛이 나면
그림자로 따랐는데…

이생에서 만난 인연,
얄궂게도
서로 뚝 떨어져
그리움 키우고 있는가.

---

* 도리천忉利天- 육욕천六欲天의 둘째 하늘 수미산須彌山 정상에 있다.
  중앙에 제석천帝釋天이 있으며 사방으로 8개씩의 성으로 모두 33천이
  있다고 함.

불제자

참선은 어렵다고 하지만 알고 보면
이보다 쉬운 것은 없어.
법이란 어디서 꾸어온 것이 아니라
본래 가지고 있는 것을 개발하는 것이므로
제일 쉬운 것이 부처님의 법.

참선도 부처님 법 중에 부처가 되기 위한
법문의 하나로 가장 간편하게
압축한 대총상법문*이 참선이기 때문.

우리는 본래 부처이며
앞으로도 부처가 돼 가고 있으므로
걸음마다 부처님을 생각하며
부처가 되어 가면 그게 불제자일 테지.

---

* 『기신론대총상법문도起信論大總相法門圖』의 주요한 교리를 요약, 간략
하게 풀이한 한 불전

손맛

함양 안의면의 작은 암자 향운암은
구름 창이 그득한 곳인 데다
자연이 내준 식재료로
비법이 펼쳐지는 도량.
'마음이 느긋하고 편안하며 자유로워지면
그게 힐링이지.'하는 스님은 공양의 대가.

시장은 손수 일군 텃밭에다
서너 종류 채소를 심고
가꿔 거둬서는 개울로 가 씻어.
씻은 채소는 스님의
30년 익힌 손맛이 더해지면
단순한 찬이 아닌
불심으로 차고 넘치는 공양이 되나니…

깨달음

1,000m 높은 고지에 숨긴 듯 삼 칸 암자,
암자로 오는 길을 닦지 않은
이유가 있다지.
함부로 사람이 오지 못하게
하기 위해서라는 스님.
황홀한 고독을 누리고 사는 것이
얼마나 쾌적하고 즐거우면
선문답 같은 소릴 다 할까.

많은 것을 가지고 있으면
소중한 것을 몰라.
소박하게 살다 보면
모든 것이 소중히 여겨지고
사소한 것도 쓸모 있다는 것을 느꼈다면
그게 깨달음 아닐까 싶어.

별

기다리고 기다리던 기다림이
배양사 단풍 물들기보다
더한 기다림이 세상에 또 있을까.
단풍 들려고 하는 시기는
화려함을 보기 위한 기다림이
가장 고조되는 시점.
운문암에 머물며
무등산도 바라보고
조계산도 바라보며
백학봉도 바라보는 것만으로도 수행일 테지.

백양사 단풍의 자랑거리는
단연 아기단풍.
단풍잎이 작아 별처럼 생겼으니까.

다와 스님

풍잠楓簪* 습속에 젖어 산행을
지레 나섰다네.
찬 서리 짙게 내려
물든 잎새
만산마다 심엽이라네.

온 산이 데고
오장이 익어.
익어가는 소리로 살아
아야, 아야, 아파.
심신에 불이 붙었다.

---

* 절치동물 곤충강 나비목. 참나무 누에나방의 누런 빛을 띤 녹색 고치

스님 한 분이 가랑잎 긁어
붉은 잎만 긁어모아
선다를 끓인다.
차 맛이야 약 기운으로
값하는 법열.

고목 등걸의 운지버섯
따다가 풍광에
취해 취해서는
참선이야 참선, 이게 다 참선이래도.

수행자

일단 숨을 멈추고 바라보면
고요해지고 평온해지는
수행자의 길.

일반 대상은 마음에서 너무나 쉽게
갈애渴愛와 혐오嫌惡를
불러일으키나
마음의 뿌리를 들여다보면
좋아지기 마련인데.

그게 쉽지 않아
오늘도 화두 찾아 수행자의 길을
걷고 있음이 아닐까.

자비의 손

내 손에 쥔 것이 많으면
남의 손을 잡아줄 수 없듯이
내 손을 비워둬야
남의 손을 잡아줄 수 있어.

항상 내 손을 가볍게 해서
남의 손을 잡아줄 수 있어야 하며
빈손, 가벼운 손이
남을 도와주거나
생명을 구할 수 있는 크고 넓은
자선냄비일 때
부처께서 선물한 자비의 손일 테지.

공양

배라고 하는 것은 한없이 넓고 큰 데 비해
목구멍은 바늘귀처럼 좁아도
못 삼키는 음식 없어.
아귀도에 떨어진 아귀* 배고픔을
달래주려는 듯 공양을 마련해 한상 차리니…

더 먹었으면 할 즈음 상을 뒤로 물리고
물 따라 발우 씻은 퇴수마저
아귀餓鬼에게 빼앗길까,
마파람에 게 눈 감추듯 하고 선방을 나서자
날아가던 까막까치가
뜬금없이 오물을 찍 갈기더니
먼 산 보고 절구질을 해대는 데야…

---

* 아귀餓鬼-팔부신의 하나. 계율을 어기거나 탐욕을 부리다 아귀도에 떨
어진 귀신.

염화시중

산으로 들어온 이유야 사람마다
인연의 실타래가 다르듯
고립되고 쓸쓸한 곳을 좋아할 정도로
지난 생을 혹독하게 살았다고
눈물을 찍 짜는 스님.
산으로 들어온 뒤로는
마음이 안정되고 편해지면서
'산 아래로 내려가는 것이 죽기보다 싫어.'
를 입에 달고 있음이니…

스님은 찾아온 불자들에게
'산에서 하룻밤만 자 봐.
너무너무 좋아 평생 잊지 못할 것이야.'
하는 말은 염화시중*일 테지.

---

* 염화미소拈花微笑라고도 하며 말로 통하는 것이 아니라 마음과 마음으로 전하는 것,

오신채

몸에 좋다는 온갖 식재료가
입안에 들어가기까지 공력 과정 생각하며
먹는 사람 몇이나 될까.
쌀 한 톨
소홀히 여겨 버렸다가는
땅속 들어가
썩을 때까지 벌을 받을 수도 있음이니…

상추 씻다 잎 하나 떠내려가도
십 리까지 따라가 건져온다는
속설 때문이 아니라
배보다 마음이 부른 수행자의 오신채
오늘 하루 푸짐하게 먹었네그려.

서진암

서룡산 중턱 자그마한 암자는
실상사의 부속으로
수행의 일처逸處.
서진암에서 대자연을 벗 삼아
수행하는 스님 있어.
하마나 진지한 모습이
곱고 아름다워
보기만 해도 숨이 멎는 듯해.

스님의 말씀 나눠 받으러
암자를 찾는
불자가 줄을 잇고 있음이려니…

작은 맛 큰 맛

산에 씨 뿌린 도라지 몇 뿌리 캐
고추장 두어 숟가락 넣고
손으로 버무리기만 해도
자연의 맛이 우러난다고 할까.

공양할 즈음 주변 산과 골짜기가
그려준 풍광 한번 둘러보며
맛 한번 보면서
태양이 주는 따사함의 찬에다
앞에 보이는 작은 산과
뒤쪽 큰 산의 맛까지 곁들이면
진국의 공양일 테지.
공양은 작은 맛이라면
앞뒤 산이 내어준 풍광은 큰 맛.

2..

백제의 미소

미륵보살반가사유상 83

풍만 구족한 얼굴이며 아미蛾眉
콧마루로 내려진 선의 흐름은
날카로우나 시원하며
비록 눈은 가늘지만
바깥으로 치켜져 있어
세상을 제도할 자비가 넘쳐나고
입은 작은 듯 큰 듯,
내민 듯 불거진 듯
돌출된 데다 입가에는 미소가 번져.

작은 손은 미세하게 떨리는 듯
가슴과 팔은
가냘프면서 풍만하지도 않으며

발가락의 미묘한 작은 움직임마저
생동감이 넘치고 넘쳐나서…

오른쪽 발도 오른손과
대응해서 조성해 놓아
생동감이 넘치는 데다
법열을 깨달은 순간의 희열이 만연해.

미륵보살반가사유상의 미소를 두고
모나리자도 울고 갈 미소라고
극찬한다고 해도
레오나르도 다빈치가 노하지 않을 터.

예의

강원도 삼척 천은사 스님은
행복은 과거도 미래도 아닌
현재 누리는 것이 최고라며 우쭐대나니…

봄이면 새잎 나고
여름이면 녹음으로 성장하며
가을이면
오색 단풍으로 물드는 것이
무상 법문임을 깨달아
공양으로 비빔밥을 마련해서
암자 앞 노지에 앉아
단풍 한둘을 눈에 담으며 공양하는 것이
단풍에 대한 최소한의 예의라는 데야…

가을 이야기

아홉 고개를 넘고 넘어 만날 수 있는
금정신성 동지암을
혼자 지키는 순박한 스님 있어.
텃밭에서 토란 캐어
개울로 가 씻으며
'애들아 목욕하자.'
고 하며 씻고 또 씻어.

묵은 솜씨 되살려 끓인
스님의 토란국과 붙인 전은
단풍이 담긴 공양에다
가을 이야기가 서너 자루 담겨 있음이니…

보답

선불교 선승은 화두를 생명처럼 여겨
평생을 두고 죽기 살기로 수행하며
이 자리, 이 순간을 소중하게 여기고
숨 꼴딱 넘어갈 때까지
놓지 않고 앉은 채 입적했다 한다.

자신에 대한 확신이 들지 않으면
삶은 남의 집 머슴살이,
이 순간, 이 자리를 죽기 살기로
최선을 다하는 것이
조물주가 이 세상에 보내준
시혜에 대한 보답 아닐까 싶으이.

경전이라면

스님들이 한결같이 읊고 외는
지혜에 관련된
부처님의 깊은 마음과 가르침의 기록이
경전經典이라면
반야심경*이 아니겠어.
그렇다면 관세음보살이나
부처님의 마음이 아닌
우리들의 감사와 사랑을 기록했으면
우리 자신의 반야심경.

이유는 우리의 속 마음을
있는 그대로 진솔하게 기록했기 때문.

---

* 불교 경전의 핵심인 반야바라밀다심경

백제의 미소

천 년 전 백제 사람 세 분을 만나 뵈러
서산 운산 용현리를 찾으니
쩡한 여운이 가슴에서 솟아 나와.
좌에는 반가사유상,
우에는 보상입상, 중앙에는 본존불을
조각한 것이 저 마애여래삼존불상.

온화하고 고졸한 미소는
부처님 아닌 우리 이웃집 아저씨 같아
천년을 뛰어넘어
현재에도 빙긋이 웃는 미소로
현대인에게 각인되나니
저 백제의 미소야말로
살아 있는 천년의 미소가 아닐까 싶으이.

차이

본래 태어나고 죽는다는 것은
형체기 없음 이고
번뇌와 공포 또한 실체가 없음이니.

중생은 진리에 휩쓸리며
업보로 살아가나,
부처는 진리와 더불어
삶과 죽음을 포용해.

중생이나 부처나 삶과 죽음을 겪는 것은
같을지라도
중생은 헤어나지 못하는 데 반해
부처는 초월하는 것이
차이라면 차이라고 할 수 있음이니…

금동보살입상*

꽃무늬가 새겨진 대좌 위에 오른쪽 무릎을
구부린 채 자연스러우면서도
유연한 자세의 보살상을 조소한 데다
꽃으로 장식한 머리 정면에는
관 씌운 부처까지 조각.

체구는 날씬한 편인데다 몸에 달라붙은
법의 자락은 무릎 앞에서 둥글게
왼팔은 대좌 위로 늘어뜨려
오른팔에 걸쳐 놓아 신이함을 더해.

둥근 얼굴은 눈 코 입의 배분으로
선명하며 은근한 미소까지
머금고 있음을 살려냈으니
세상에 비길 데 없는 백만 불짜리 미소일 테지.

---

* 국보. 도난당했다가 회수함

범종

산사의 범종은 종소리를 보다
멀리 보내기 위해 혼자 가슴앓이하다
과일 떨어지는 소리로 되살아
귀에 와 매달리고
일부 소리는 허공을 떠돌다가
코피 터지는 소리로
먹은 귀 뻥 뚫어 주기 위해
윙 윙 위잉- 소리까지 달고 달려온다.

또 더러는 깊은 산골에 숨었다가
둥근 메아리로 찾아오면
정화수로 몸 씻고
한 밤을 새우더라도 경건하게 맞이해야지.

탁발

불교의 조종 조계종이나 천태종에서는
육식을 금하는 이유가 있긴 있었어.

불교가 틀이 잡히기 전
초기에는 탁발 취식은
수행의 일환으로
부처께서도 탁발托鉢을 하셨다고 해.

부처께서 탁발한 음식이
상한 고기였든지
드시고 탈이 나시어 고생하시다가
성불하기에 이르렀음이니…

'부처가 어떻게 탁발을 할 수 있어.'
히고 비난이 일자,
부처께서 '탁발은 삶의 일부분으로
올바른 수행과 지혜로
불법의 씨를 뿌린 밭에
진리의 열매가 주렁주렁 달렸으니
이는 결실을 맺음과 같은 것으로
농사가 무엇인지 일깨워줌이 아니겠는가.'
하고 짐짓 설파하셨음이니…

부처께서 탁발의 진리를 몸으로
제자들에게 가르쳐주셨음일 테지.

오세암 만경대

10월 초 오세암 만경대 찾은 날
만산홍엽 눈에 넣다 못해
마음을 발갛게 물들이고 있는데
가슴에 숨겨둔 고운 여인이
산의 정령을 데려와서는
첫사랑에 댄 가슴을
단풍처럼 붉게 물들여 주는 데야.

산속 깊이 똬리를 틀고 있던 단풍비가
내 붉게 댄 가슴을 훔쳐보다가
피식 웃더니
낙엽 하날 허공으로 날려 보낸다,
무슨 보살이나 된 듯이.

다보탑

왜 저렇게 커, 왜 크냐고
희미 기다렸으면 됐지,
석재로 남은 그리움
얼리고 달래도
어떻게 할 수 없어 쇠메로 치는 소리가.

백제 석공 아사달이
기다리던 아사녀 따라
탑 안으로 들어가는
섧은 사연의 소리,
그 소리가 왜 저렇게 커야 하냐고?

반야바라밀다심경

한때 법보 종찰 해인사에서는
반야바라밀다심경 판경을
전통적인 방법인
먹물 발라 눌러 찍어
탐방객에게 판매한 적도 있어.

반야바라밀다심경의 핵심은
불경의 팔만사천법문을
260자로 함축해서
정리해 놓은 오온五蘊,
삼과三科, 사제四諦,
십팔계十八界, 십이연기十二緣起.

이는 세상 어떤 물상이든
고정적인 형체 없음을
밝혀놓은 진리 곧 색즉시공, 공즉시색이니…

불보살뿐 아니라 일반 대중이라도
반야바라밀다심경을 외며
생활화한다면
반야의 지혜를 얻을 수 있고
공부하고 실천한다면 성불할 수 있음이니,

그 이치 너무나 신묘해 주문*을 외나니…

---

* 주문- 아제 아제 바라아제 바라승아제 보리사바하. (가니 가니 건너가
니, 건너편으로 건너가니 깨달음이 있네. 기쁘도다!)

지름길

한겨울 먹을 것이 없을 즈음
눈 속에서 견딘 고수*는
향이 몇 배나 좋아.

묵은 잔대를 캐고 고수를 뜯어서는
30년 익힌 비법으로
간을 맞춰 공양을 마련해서
불전에 올리고
스님만의 도량에 들어
참선에 몰입해
염원하던 화두를 탐구하며
부처 곁으로
한 발이라도 더 다가가는 것이
불법의 깊이를 깨닫는 지름길일 테지.

---

* 고수-미나리과 한해살이 나물, 주로 절에서 재배한다.

초파일

부처님이 오신 4월 초파일은
이디서 외서 어디로 가는지
'이 뭣고'의 화두에 빠지는 날입니다.

부처님이 오신 4월 초파일은
마음을 쉬게 하고
좌안거해 수도하며
흙탕물 가라앉혀 맑게 하는 날입니다.

부처님이 오신 4월 초파일은
출가하는 자세로
교화를 생활화하는 재발심의 날입니다.

갓바위

팔공산 갓바위에 치성하면
무엇이든 다 들어준다니까
힘은 들어도
모든 것을 잊고 오른다나…

관봉에서 굽어보는
석조여래좌상은
부처님 두상부터 발밑까지
돌과 바위로
연결되어 있는데도
돌이 아닌,
바위는 더구나 아닌
부처님 육신의 끈,
그 끈의 현신이 갓바위일 테지.

석가탑

그대 단아한 몸매야말로
더할 깃도 없고
덜할 것도 없는
신이 창조한 조각품.

황금 분할, 황금 배율의 몸매를
헬스로 닦고 가꾼 데다
트라이셉스, 익스텐션,
벤치 프레스며
런지(Lunge)로
상하 근력마저 강화했으니
한눈에 딱 봐도
우아하고 단아한 석가탑이네.

11면 관음보살상

석굴암의 본존불 뒤쪽 깊숙한 곳에 자리 잡은
관음보살상은 11면 부조상 중에서도
조각이 뛰어나며 회화성도 빼어나.
관음보살 머리에 10구의 부처 얼굴을 새긴
보살상은 중생을 남김없이
구제하겠다는 관음신앙을 구현했음이니…
정교하고도 부드러우면서 율동적인
천의와 영락이며
미소 머금은 자비심 가득한 얼굴을
신체 부위와의 완벽한 조화와
배율로 화강암에 조각했다는 것이
의심될 정도로 섬세함의 극치.
영락의 한 자락 끝을 살며시 잡은 듯한
오른 손가락의 미묘한 변화야말로
불교 조각의 정점으로 끌어올렸음이니…

3.

간화선

전나무숲길

숲속의 새소리가 아침을 열면
오대산 월정사 일주문 지나
1km 금강까지
300년 된 1,700여 그루의
전나무숲길이 열리나니.
그 길은 사람들의 소망이며
마음의 번뇌를
내려놓는 소중한 길인 데다
마중하고 배웅하는 길.

맑고 편안하며 깨끗한 마음으로
성스러운 성지를 참배하도록
아침마다 몸으로 쓸고
마음으로 정결케 함도 이에 있음이니.

가을

널려 있는 돌을 주워 쌓은 돌담
세월 흘러 진초록 이끼 끼면
당당하게도 '나도 숲의 일부라고요.'
하고 항의해서야
비로소 수줍다 못해
오색으로 치장하는 가을 산.

숲이 없는 삭막한 산이며
나무 없는 산이나
절이 없는 산도 있기야 있겠지만
단풍 없는 산사의 가을을
누가 감히 상상이나 할 수 있겠는가.

통방산

통방산에 기거하는 스님은
암자를 지으며 공간을 마련했는데
천정에는 하늘과 통하려고
둥근 창을 내고
벽에도 세상과 통하려고
직사각형 창을 냈나니…

암자를 짓다가도 판자에 올라
털신 신은 채 탭댄스를 추는데
아마추어 경지를 넘어섰으니…

아무도 없는 산속에서 탭댄스로
산을 울리며 사는 것이
마냥 즐겁기만 하다는 데야.

백매화

3월 초순 하동 쌍계사 경내로 들어서면
겨울이 혹독하면 혹독할수록
향이 더더욱 짙다는
백매화가 탐방객을 반기나니…

까만 기와지붕과 조화의 정점을 이룬
팔영루 앞 백매화가
사찰 경내를
매화 향으로 가득 채워서는
탐방객을 반기는 것까지는 좋았으나
향에 취해 돌아갈 생각을
잊은 탐방객이 많아
참선에 정진할 수 없어 흠이 되었으니…

봉은사

봉은사로로 널리 알려진 코엑스 몰
북쪽에 위치한 봉은사는
신라 원성왕 때 지어
1200년의 유서 깊은 역사를 간직했는데도
아는 사람 드물어.

진여문眞如門 들어서서
대웅전, 법왕루의 전각, 해수관음상,
미륵대불이 대자대비를 더해
드나드는 불자 빈부귀천 불구하고
대승 불법을 베풀어.
강남 한복판 금싸라기 땅에
이런 절 있을까 싶게
점복한 것이 참으로 신이하지 않겠어.

산사

모난 그리움 달래다 못해
산사를 찾는다.
만지면 터질 듯한 가을이
겹겹이 바랜
완자무늬 창살을
타고 앉아
오색 불을 지피면
노목은 봄,
돌마저 기공을 활짝 펼치는데…

선방에 들어 참선하다가
차향을 음미하는
방장 스님 같은 선승을 흉내 내나니…

조계사

설명과 말이 필요 없는 절이
조계종 본사 아니겠어.
부처님의 지혜를 가르침은
오늘을 사는 팝 아트,
극사실주의 추상화 전시는
현대 옷으로 갈아입은
불교 미술의 정수.
조계사 입구의 승복과 불교용품 가게는
계획하지 않은 패션으로
크고 작은 불상을
보는 재미로 쏠쏠함을 더해.

이만하면 오늘 하루는
부처님 보시를 많이도 입은 게지.

길상사

4호선 한성대입구역에서 내려
성북동 골목길로 집어들면
고래등 같은 한옥이 즐비해서
눈길 끄는 데가
어디 한두 군데겠어.
그중에서도
절 같지 않은 절이 하나 있는데
그게 바로 길상사래.

건물 모양새는 여느 절과 다르지 않으나
단청은 하지 않았는데도
고색창연함을 더해
녹지 쉼터에 온 듯 마음이 푸근해지나니…

수정암

월정사 말사 중 하나인 서대 수정암은
너와로 지붕을 이은 암자.
워낙 높고 외져
참선을 업으로 하는 스님에게는
최고의 도량道場.
그 암자에서 탄공 스님은
3년째 수도하고 있어.

한여름에도 3일에 한번 정도는
아궁이에 군불을 때야
쥐들이 구멍을 뚫지 못해.
암자를 보름만 비워도 쥐들 등쌀에
수행을 할 수 없어
쥐와의 싸움도 수행의 일부라나.

성전암

팔공산 자락 작은 암자 성전암은
스님이 공부하고 수행하기
더할 수 없이 좋은 곳으로
성철 스님도 머물며 수행했다지.
기둥에 걸려 있는 문구
不向如來行處行불향여래행처행은
수행자의 전범典範.
부처가 갔던 길을 생각 없이
무작정 따라가다가는 깨달음을
얻을 수 없음이라니…

제자가 스승을 뛰어넘어야
깨달음을 얻을 수 있음을
깨우쳐 주기 위한 것이 아닐까 싶으이.

화두

완도항에서 배로 50분 걸리는 쪽빛 바다와
절경이 어울린 백련암에 봄이 걸리면
야생의 금낭화, 산에서 꺾은 고사리,
손수 농사지은 고추는
청정지역이 키워낸 자연식으로
땅속 불심이 잔뜩 깃들어 있음이지.
백련암 비구니 자매는
아침은 있는 대로 챙겨 먹고
점심은 더 간단히 먹고
저녁은 두 끼보다 더 간단히 먹고
수행에 매진한다잖아.
세상에 똑같으면 무슨 재미
다른 것이 좋은 것이라는
화두는 깨달음의 지름길일 수도 있을 터.

소리

반야봉 1,500m 외진 고지에
자리를 차지한 묘향암.
고적한 암자에는
호림 스님이 17년간이나
수도하고 있는데도
낮고 깊은 불경 소리 끊이지 않아.

애견 일광이가 있어
암자가 안온하고
깎은 머리 파르스름해서
스님이 여리고 고와 보여도
가슴 한편이 아린 것은 뭔 소리당가.

덤으로

아침 밝은 햇살이 나무를 헤집고 들어오면
청량함을 더한다는 지리산 1,200m 도솔암.
암자에 홀로 기거하는 스님은
흙이 부토여서
괭이로 일궈 씨만 뿌려 놓으면
김장 재료로는 최고라며 밭을 일궈.

식재료는 멀리 갈 것 없이 텃밭이 시장.
부처님 생각하며 공양 지어
불전에 올리면서
일은 빡빡하게 하는 데도
공양은 하루 두 번으로 만족한다니
대오大悟는 덤으로 따라올 테지.

간화선

문경 희양산 아래 봉암사는
천년을 봉쇄한 특별 신원으로
특이한 사찰.
부처님 오신 날
단 하루만 일반인에게 공개해.

무게감 있는 선승들이 돌아가며
법상에 올라
일반인들의 마음공부를 위해
간화선 법문을 열어서는
티끌이 일긴 일되
티끌을 덮어쓰지 않는 선을 수행한다지.

보물

한여름 단양의 황정산 원통암 옆을
흐르는 계곡물에
발을 담그고 있으면
너무 시원해서
찬 것, 더운 것 가리는 잡념이
줄행랑을 쳐.

암자에는 숨겨둔 보물 하나 있다지.
여름 석 달 가뭄에도
마른 적이 없다는 석간수래.
석간수로 더위 시킨 중생들
근심 걱정 덜어주고
스스로 행복을 만끽한다면
보물 중의 보물 아닐까 싶어.

유동암

유동암 주지 스님은
지신의 감각도 살리면서
숨은 솜씨 발휘해
세상에 하나밖에 없는
암자를 지었음이니.

암자를 찾는 사람에게
아이들처럼
천진난만한 느낌 가지게,
머리도 맑게,
마음도 낮출 수 있게
부처님에게 다가가게끔
지었으니 성불은 덤일 테지.

창고

경북 문경 산북의 사불산 윤필암은
비구니 스님들이 정진하는 이름 있는 암자.
윤필암 주지 공곡 스님은
자연적인 먹거리를 차로 만들다 보니
차의 종류도 다양해.
오가피 씨, 칡순, 산수유를 발효시켜 달이니
차향이야 부처님의 경지일 터.

윤필암 원주 정효 스님은
시대가 변하면 사찰음식이라 하더라도
변형이 불가피하니
기본을 지키면서
변형시킨 식재료의 전통이 사라질까,
식재료를 하나하나 적어 놓은 것이
창고의 서가를 가득 채웠다니…

염불암

오대산 오지 염불암은 단출한 너와집.
이제 막 꿈에서 깨어난 듯
마음을 헤아려
부처가 되고자 하는 스님들에겐
일품逸品인 참선 공간.

행자승들은 하루가 멀다 하고
참선을 통해 깨달음을 얻고자
겉으로 드러나지 않으나
치열한 수행을 해.

화두에 묻혀 참선을 하다 보면
계절이 바뀌는 것도
알 수 없다는 암자가 염불암이라지.

무상

어떻게 힘든 것을 마다할 수야
힘든 것이 인생인데…
힘이 드니까 쉴 때는
기쁨이 배가 될 수밖에.

인생에 고통이 없으면
즐거움도 없듯이
묵묵히 주어진 것을 받아들이면서
눈이 내릴 때는
눈발 지켜보면서
눈 속의 무상無常을 깨닫는 것도
수행의 일부 아니겠어.

4.

플레이어

오선암

외진 산길 걷고 걸어
혼자만 알고 싶은 정선 오지
오선암에 닿을 수 있어.

스님은 도반이 왔다고
옹심이와 전을 대접하겠다며
감자를 씻고 갈아
있는 공, 없는 정성에
어떤 조미료도 맛을 낼 수 없는
자연을 덤뿍 담아 맛을 내
한 상 차려 도반 앞에 내놔.

그 정성, 그 맛에
돌부처도 감동해 돌아앉았다지.

전매특허

암자 근처에 있는 텃밭은 장터
식재료를 거둬늘여 마법을 썰지듯이
스님의 손을 거치면
천하 일미의 공양.

높고 높은 암자에 앉아 굽어보면
구름이 깔아 놓은 요가 있어
그 위에 누워 있으면
구름향이 코를 간지럽히는 호사 누려.

편안하게 자유롭게 느긋하게
마음을 가지는 것이 전매특허라나.

선객

어떤 선객이 찾아와 큰 스님에게
예를 올리고 '큰 스님!'
했는데도 미동도 하지 않아.
초조해진 선객이
'큰 스님!'
하고 불렀는데도 여전히 부동의 자세.
세 번째는 다급한 소리로
'큰 스님!'
했으나 시종여일의 자세.
뒤늦게 선객은 뭔가를 느꼈음인지
'잘 배우고 갑니다.'
하고 엄숙히 예를 갖추고 사라졌다.
선객은 큰 스님에게서
'어떤 일에도 경솔하게 움직이지 않는다.'
는 것을 배우고 갔음에야.

혜암*

'세상에 옳은 것이 하나라도 있을까.'
하고 자문자답하는 이유로는
'내가 내 마음을 모르고
내 마음이 나를 해치는데
무슨 자유, 무슨 행복,
무슨 성공이 있을까.'하는 의문 때문.

내가 할 일은 하나
'예에 예.'하는
것이나 '이 뭣인고?'의
화두를 언젠가는 모르지만
깨달을 수 있다면
이 자리에 정좌한 채
입적해도 여한이라곤 없으려니…

* 혜암慧菴, 제 10대 조계사 종정

양관 선사

이름 없는 양관 선사*가 평생 가진 것은
'빛 바랜 자루에 쌀 한 되
부엌엔 땔나무 한 줌
밤비 내리는 초막에 두 다리 뻗고
한가로이 누워 있네.'
란 어귀가 가슴을 울먹이게 해.

죽은 뒤에라도
뒷사람에게 짐 지우지 않기 위해
지게 지고 뒷산에 올라
넘어진 나무 주워
다비할 장작까지 마련해 뒀다는 데야…

욕심이라곤 있을까 싶지 않은
스님이 오늘을 사는 불제자 아닐까 싶으이.

---

* 경북 안동의 이름 없는 조그만 암자의 스님

능인 스님

경남 양산의 천성산 오지 노전암에 오르면
금지옥엽으로 키워서 시집을 보낸
딸한테보다 귀한 점심을 받을 수 있음이니.
누군가를 위해 그 누군가는 모르나
기다리는 밥상은 그리운 엄마의 손맛 아닌
능인 스님의 손맛인
동시에 부처님의 손맛이지.

공양으로 부족하지 않게 반찬은 20~25 종류
상다리는 휘고 찬은 놓을 곳이
없을 정도로 반상이 차고 넘쳐.
그래도 스님은 부족하다면서 '더 해, 더 하라.'고.
잔치집도 울고 간다는
푸짐한 공양을 세상 그 어디 가 받으리.

그릇

수월* 스님이 숭늉 그릇을 집어
만공 스님에게 주며
'이건 숭늉 그릇이기도 하고
아니기도 하고…'
하자, 만공 스님이 그릇을 받아 들자
마당에 냅다 던져 깨어 버렸음이니.

그것은 그릇을 깬 것이 아닌
생각의 패러다임을 깬 것이었으며
생각의 판을 뒤집은 것일 터.

생각의 틀을 깨다 보면
진리에 한 발짝 다가설 수 있으며
기존의 삶보다는 앞으로의
삶이 자유롭고 평화스럽게 여기는 수행의 길.

---

* 일제 때 한국 불교의 정통성을 지켜낸 경허 스님, 세 제자인 수월, 혜월,
  만공스님 중 한 분.

나눔

봉화군의 봉화산사 두 비구니 스님은
우연히 선방에서 만나
30여 년 긴 끈의 인연이 되어
함께 수행하면서
빗물이 떨어지는 것을 보고도
도반의 마음을 헤아리는 사이가 되었으니…

이대로의 마음을 받아들이는 것도
수행의 일부이고,
이대로가 행복하다고 느끼는 것도
수행의 일부라며
내 등잔 밑부터 환하게 밝히고자
나눔을 시작했다는 스님은
더불어 행복한 것도 수행의 일부일 테지.

소리 스님

구름바다가 데려온 가을이
산자락에 이르면
그 길 더듬어 찾아가는 곳
그리워라, 가을 소리,
단풍 드는 소리까지 담아내면
곧 선의 신실信實일 테지.

선방 방문에 풍경 하나 달아놓고
'소리가 얼마나 좋은지,
정말 소리가 맑아요.'
하고 스님답지 않게
극락길 가다가 소리가 너무 맑아
돈 주고 사다 놓았다나.

새소리, 바람 소리, 벌레 소리,
밤의 소리, 이름 모를 소리,
그런 소리 중에서도
돌돌 소리 내며
흐르는 계곡 물소리가 자연의 진수라며
허허 웃어대는 소리 스님.

산새가 지켜보다 날개짓을 잊고
날아가 버리니
하늘도 무심하기 바위 같다고나 할까.

도반

내 안에 숨어 있는 참 나를 찾아,
내 안의 부처님을 찾아
수행하는 도반은 평생 반려.
함께 공부했던 도반이 왔다고
대접할 것은 만두.
있는 솜씨 없는 솜씨 다해 만두를 빚어.
아무리 훌륭한 식재료라도
만드는 이의 마음을 담고,
먹는 이의 마음을 헤아리는 배려까지
듬뿍 담아야 제맛 나는 것 아니겠어.

먹는 사람이 빈말이라도
'맛있다.'고 하는 한 마디가
만든 이의 수고로움이 씻은 듯 가시는 데야…

한산 스님

백운산 오지 한산 스님은
임자는 물론 석빙고외 헤우소까지
손수 지었으니
자연에서 자급자족하라는
부처님의 말씀을 실천함일 터.

툭툭 털어내는 데는 달인이 되었다 하더라도
마음 비우기 쉽지 않을 텐데
내려놓을 줄도 알고
베풀 줄도 안다면야

기존의 삶에 비해 새로운 삶이
보다 더 찬란하고 아름답다는 것을
깨달았음이 아닐까 싶으이.

플레이어

키우던 강아지가 새끼 서너 마리 낳자
'외로운 산중에 식구 늘어
동고동락할 수 있으니 좀 좋아.'
하는 경주 오봉산 플레이어 스님.
암자 오르는 4km 길을
중생들 심심치 않게
108번뇌를 상징해 108개 돌탑 쌓아.

'중생들이 오봉산에 오면
쌓은 탑을 보고 환희를 느껴
좋은 일 많이 생기기를 염원하면서
탑을 쌓았지.'하는
스님은 중생에게 베푸는 시혜도 별나.

작업복

경북 영양의 꼭꼭 숨겨둔 오지
산도 칩칩, 골도 첩첩
그곳에 터전을 마련하고
지게로 흙을 져 날라
손수 지은 암자에서
단순하게, 소박하게 수도하는 스님.

지게는 생사를 함께 하니까
분신이라는 스님은
지게 도사라는 별명이 잘도 어울려.

입고 있는 헤진 작업복은
번개시장에서 산 3,000원 짜리.

불심

오지에다 초라한 암자 한 칸 지어
띠로 지붕 이어 기거하며
수행하는 스님 있어.
산이 있어 산에 들어왔으나
여러 해 여름을 나다 보니
이 골, 저 골에
숨어 있는 불심을
나만의 것으로 만드는 비법을 터득했음이니…

'나 이외에 그런 시혜 받으며
참선하는 스님 있다면 어디 나서 보래.'
하고 시침을 뚝 따는 데야
목탁 소리마저 달아나지 않겠냐고.

비구니

외진 암자의 비구니 스님은
함께 수행한 도반이 왔다고
눈 속 헤집고 봄동 찾으니
말라 죽고 없어서
얼어붙은 땅속에서
손 내민 시금치로 대신해.

'시금치가 약이 되고 찬이 되기 위해
살아남은 것 같다.'며
찬을 만들어 도반을 대접해.

스님의 정성은
수행의 결과가 낳은 것 아닐까 싶어.

산다는 것은

깊이 잠들어 있는 물상들이 깨면
산사의 하루가 시작되고
햇볕 스며드는 곳에 마련한
곳간인 장독대에서
된장 한 술 푹 떠 물에 풀고
석이버섯 한 주먹 듬뿍 넣고 끓이면
공양으로 진국.
공양 끝내고 산에 올라
내면세계를 조용히 관조하며 수행해.

'세상 사람들처럼 심심하다, 외롭다,
재미없다는 생각이 들면
산에서 살지 못하고 세상으로 나가게 돼.
청산에 산다는 것은 인내가 필요함이지.'

계도

원만과 공적함을 근본으로 해
대이니 기니 죽거나가
너무나 공평해서 천칭 저울로 달아도
어느 한쪽으로 기울어짐이 없음인데…

삼생의 하나인 이생에 태어나
욕심, 어리석음, 성냄은
삼도 삼계, 윤회*
벗어나지 못한 죄업이려니…

본래 주인인 중생의 성품,
곧 원만과 공적으로 되돌아가도록
계도함이 부처의 참 제자 아닐까.

---

* 수행의 단계인 견도, 수도, 무학도. 윤회-중생이 번뇌와 업으로 인한 삼도
육계(삼악도와 삼선도로 윤회의 세계)의 생사세계를 반복하는 것.

법회

지리산 상무주암의 은둔 수행자로
레전드로 거듭난 현기(玄機) 스님은
선의 황금기인 당송 때
고승들이 주고받은
'뜰 앞의 잣나무, 날마다 좋은 날'과
같다를 생활신조로
100여 종류를 수록한 선종 벽암록과
진리를 깨치는 간화선으로
평생을 수행해.

82세의 노구인데도 이른 새벽에 기상해
새벽예불을 손수 준비하고 공양한다지.

여법(如法)으로 사는 자체가
큰 기르침임을 깨치기 위해
40년 두문불출 수행 끝에
반야봉처럼 굳건한 스님 되었음이니…

스님께서
자의 반, 타의 반으로
강화 나들이해
전등사 벽암록 법회를 열어
중생에게 법문을 베푼다니
답답한 국운이나 팍팍 틔어졌으면…

40년 동안

자기 옷은 덕지덕지 기워 40여 전 승복을
여전히 입고 있으면서
'헤진 것 입히면 산으로 도망가
산 짐승 물어오기.' 때문이라며
강아지에게는 새 옷 사 입혀.

마음이 평정할 때는
그렇지 않을 수도 있겠으나
불안정하면 분심, 탐심, 육욕에 허욕도 생겨.
아궁이에 불 지피는 것은
미운 마음, 성난 마음, 어리석은 마음을
불길 속에 넣기 위해서인데
스님에게는 끝내 집어넣지 못한 것이
딱 하나가 있다지.
'앞산의 무게를 저울로 달 수 있을까.' 하고
40년 동안 궁리한 것이라나.

깊이

맑은 햇살 아래 면도를 하고 있으면
밤새 쌓였던 미망, 망상이
씻겨 나간다, 깎여 나간다는
느낌이 들고.
아무것도 아닌 물상일지라도
마음을 주고 영혼을 주면
세상이 맑아지고.
보기에는 옹색한 삶일지라도
소박하고 우아해서
행복이 절로 찾아오는 데야
고급의 삶이라는 스님.

세상을 몽땅 가진 것 같은 소릴 하다니
그게 득도의 깊이일 터.

큰일

'출가해서 스님이 된다는 것이
어찌 작은 일일 수 있으리.
세상 고통과 번뇌를
끊으려는 것이며,
부처님의 지혜나 가르침을
이어 가려는 것이며…
이런 것들이야말로
삼계(三界)*에서
중생을 구제하기 위함이니' **

이것이 큰일 아니면
이 세상에서 이보다
더 큰 일이 어디 또 있으리.

---

* 삼계는 중생이 생사왕래의 욕계, 색계, 무색계.
** 『선가귀감』 중에서 선종은 현성見性을, 교종은 진여眞如를 밝혀놓은
불교개론서.

5.

불법의 맛

바라는 마음

비구니 스님이 나뭇짐을 나르는데
'힘들지 않으셔요?'
하고 물으면,
'나뭇짐을 지고 있다는 생각을
하지 않으니
무겁다는 생각이 나지 않아.
나뭇짐을 지고 있다는 것은
사실인데
왜 사서 무거움을 느껴야 하지.
지고 있긴 있으나
지고 있지 않다고 생각해야지,

지고 있다는 자체만으로도
무거워니까.'하고
선문답하듯 하는 스님.

스님에게 욕심이 있다면
장독대 항아리
하나는 늘 비워 둔다나.
비워 두는 이유야
'자연이 항아리에 빠지기를
바라는 마음 아닐까.'
하고 지레 짐작케 함이러니…

몇이나

바위로 둘러싸인 암자에서 보면
바다가 이쪽에 있고
능선을 오르면 저쪽에도 있어
왠지 모를 외로움을 안겨주지만
또 다른 진리가 있어
오지 않았다면 후회했을 것이야.

물이 귀한 암자여서 물지게 지고
오르내리기가 고되지만
물을 길러 나르다 보니
나도 모르게 풍광을 즐길 수 있어
만족감에 기분이 좋아진단다.

산이 받아주고 용인해 주는 데도
머물고 싶은 맛을 아는 사람 몇이나 될라.

수행

선문禪門으로 드는 지름길을 물으면
'자연이 따라오는 게 아니고
내가 자연을 따라가야지'.하는
것이 명답 아닐까 싶어.
말 없는 이 산 저 산이 오라고 해서
어디 오겠냐고, 내가 자연에 맞춰야지.

인생도 저 산과 같지 않겠어.
어디서 와서 어디로 가는지
한 치 앞도 내다볼 줄 모르면서
아등바등 나대기는.
오늘도 가는 곳 알고 가기 위해
수행한다는 스님이 왜 이렇게 부러울까.

돌고 돌아

오지 마을에 소나무에 얹힌 눈이
봄소식을 전하면
돌고 돌아서 오는 봄의 소리를
마냥 듣기만 한다는 스님은
있으면 있는 대로
자연이 내주면 내주는 만큼만
공양한다는 데야.

눈 치우다 말고
실없이 눈을 한 줌 입에 넣고는
팥빙수 맛이라며
시원해서 좋다는 스님에게
'외롭지 않으세요.'하고
물으면 '외로운 맛에 여기 있는 거지 뭐…'하는
스님은 달마 선사인가 봐.

메뉴

영월 한밭골 깊은 골로 들어가
암자 지어 수행하는 스님은
자연이 좋아 첩첩산중을 찾았다며
추위에 얼어 죽지 않기 위해
오만 부지런함을 떨어
오기로 월동 준비를 대차게 했음이니.

'전기도 들어오지 않고
폰도 터지지 않는데 어떻게 살아요?'하고
물으면, 스님은
'허허, 참. 전기 들어오고 폰 터지면
내가 왜 들어왔겠어.'하고
대답하는 것이 단골 메뉴가 되었나니…

이유

스님은 등산화 신고 산행 삼아 소풍 삼아
석이버섯을 따러 가.
석이버섯이 있는 바위에 오르면
'살아 있는 소나무도 멋있고
죽어 있는 소나무도 멋있지.'하며
감탄을 자아내나니…

산에 들어오기 전에는
보다 많은 것을 가져야 행복한 줄 알았는데,
무엇을 성취했다고 해서
행복한 게 아니고
가진 것을 내려놓는 것이 진정한 행복임을
뒤늦게 깨달았다는 스님.

어차피 타고 나면 재가 되기 마련인데
집착할 이유가 무에 있겠어.

변해도

경남 산청 오지 수선사 여경 스님은
세태에 뒤지기를 싫어해.
산사에서나 바깥에서나
녹차의 성향보다
거피를 찾는 사람이 많은 것이
대세임을 진작부터 알아.

원두커피를 손수 볶고 갈아서
갈무리해 두고
오는 불자에게 한 잔씩 접대한다나.

누가 보면 수행 스님이기보다는
바리스타*인 줄 착각하려니
세상 변해도 참 많이도 변했음이야.

---

* 바리스타- 전문적으로 커피를 만드는 사람

벙어리

암자 지어 세상과 소통하려고
아예 통방사라 작명하고
기거하는 정곡 스님.
'장작을 패다 보면 모든 생각이
산산조각이 나고
장작 갈라지는 소리에 번뇌마저
없어진다.'며 으쓱해 하나니.

'산을 울리며 살고 있다는 것이
혼자라도 즐겁기만 하고
내가 좋아하면서 즐기는 만큼 내 세상이니까.'
하며 하늘 향해 박장대소하는 데야
입술 꿰맨 벙어리가 될 수밖에.

스님

암자에 들어온 이유야 뻔해
아무것도 하지 않고
참선만 하려고 들어왔으니까,
무엇을 하는 것이 아니고
조용히 정좌한 채 명상을 하는…

'무엇을 하려고 하면 부담이 되니까,
아무것도 하지 않겠다는
마음부터 다져야
참선에 들 수 있는 게 아니겠어.'하고
너스레를 떠는 스님은
스님 중의 참 스님이 아닐까 싶어.

참선

마음을 공부하는 물러설 곳도,
나아갈 곳도 없는
낭떠러지 끝 암자에 앉자
마음이란 무엇인가를
생각하면 생각할수록 의문만 남아.
형상도 없고 실체도 없으나
생각 따라 일어나고
사라지는 것이 마음 아닐까 싶기도 하고…

마음의 특성이란 것은
하나가 있으면 둘은 공존할 수 없는 것,
욕심이 있으면
편안할 수 없는 것과 같은 이치,
고요해지고 청정해지고 생생해지기 위해
자문자답하는 것이 참선인 데야.

무게

암자 오르는 데야 쉬엄쉬엄 쉬면서
올라가기만 하면 돼.
암자의 부처님도,
속세의 누구도 빨리빨리 오라고 하지 않으니까.

'힘들게 암자를 오르면서 무슨 생각?'
하고 물으면
'아무 생각 없이 올라야지
생각하면 더 힘들어.
생각하지 않아야 힘이 덜 들어.'하는
스님의 선문답은 일품.

힘든 무게가 얼마나 되는지 알 수 없지만
스님에게는 생각하는 데도 무게가 있나 봐.

망명당

'아니 땐 굴뚝에서 연기 날까.'란 속담이 있듯이
굴뚝에서 연기가 난다는 것은
원인과 결과를 전하는 메시지가 아닐까.
망명당(亡名堂)이란
이름이 죽었다, 이름 붙일 수 없는 집,
앞으로 나아갈 곳도
위로 올라갈 데도 없는 망명당이니…

스님이 장작을 패면 장작 패는 소리로
온 골짜기가 쩌렁쩌렁하다 못해
장작이 갈라지는 소리로
생각이 산산조각이 나며
번뇌가 바람 불다 멎듯이 사라진다는 데야…

고독

'찬 없이 밥만 먹어도 씹고 씹으면
달고 맛있다.'는 데야
부처가 따로 있을 수 없음이니…

'욕심이란 내려놓기 위해,
비워내기 위해 있는 것.'
이라는 스님은
모두가 무서워하는
고독을 피하거나 멀리하기보다는
온몸으로 부딪치며
한 발짝 다가서서 친구 되어
내 안의 부처님으로 모셨음이니…

불법의 맛

퍼내어 쓰고 써도 줄지 않고
붓고 부어도 늘어나지 않는
무한 광대한 불법의 맛은
공공적적해서 고요하다가도
찰나의 이치에 부응하며
모든 것을 물리치고
바르게 세울 수 있음이니…

평온하다가도 밝고 신령스럽게,
조용히 움직이다가도
어느 사인가 측량할 수 없는 무한으로
돌아가는 순간,
좁쌀만큼 드러내더라도
세상을 제도하고도
남는 것이 불법의 진한 맛 아닐까 싶어.

진리

재화를 가지려는 마음의 무게만큼
도의 마음은 줄어들며
명예를 추구하는
발걸음이 빠르면 빠를수록
도의 마음에서 멀어지기 마련이니…
천하의 명예를 위해
죽음을 택한다면
비록 생명이 귀하기로서니
진리보다 귀할 수 없으리니.

우주의 진리 중에서도
부처의 진리는 크고도 깊고 넓어
세상 어떤 것과도
비교될 수 없는 값진 것이려니…

참 마음

이 세상 부모의 마음이
부처의 마음이고
부모의 사랑도
부처처럼 보답을 바라지 않는
희생에 있음이 아니겠어.

자비의 마음이
중단되지 않는 것이 참선이고
씩씩한 마음 씀에
마음 아닌 마음으로
길 잃은 길을
걷는 것이 참 마음 아닐까.

드라마

운문사 일진 스님*의 화두 하나.

'자연에서는
우리도 자연의 일부이기 때문에
여의었다.'고 하는데
머리가 숙여지고,
'절에 가서
부처님을 찾지 말고
집안에서 만나라.'라는
설법은 불심을 낳은 감동의 드라마.

---

* 일진 스님, 청도 운문사 거주

정답

꼭 어디를 간다기보다는 걷고 있다는
자체가 중요하다는
홍천 화촌면 관원 선원의 스님은
중장비를 손수 운전해 가며
수행의 일부로 사지를 조성도 하고.

아궁이에 불을 때다가도
연기가 매워 눈물을 꾹 짜면서도
'가끔 눈물도 흘러줘야
안구 건조를 막을 수 있듯이
갑자기 슬픔이 닥치더라도
삶의 활력소, 건강에 도움이 되니까
힘들어도 좋아하는 일을 하면
잡생각이 덜 나니
거기서 명상의 길을 찾으면
답을 찾을 수 있을까'.하고 자신하나니…

설렘

수행 틈틈이 텃밭에서 일하며
늘 그런 마음
즐거운 설렘으로 사는 스님.

꿈이 있는 자는 늙지 않는다고
8학년 6반인데도
열정이 솟아나는 이유는
꿈 때문이라나.
꿈에다 설렘을 첨가한다면
수행은 금상첨화錦上添花 아니겠어.

스님의 하루 수행은
꿈으로 시작해서 설렘으로 마무리하나니.

앞산

스님의 식사 초대 손님은 앞산
찬이라 할 것도 없지만
서리 맞은 배춧잎에
햇살 가득한 된장
그것만으로도 풍족한 밥상.

말 없는 산이라고 하지만
대화를 나누다 보면
세상 살아가는 이야기란 이야기는
앞산이 다 들려줘.

앞산을 초대해 공양하는 이유로는
먹는 것도 수행이기 때문이라나.

6.

풍경소리

시절 인연

언제, 어느 때든 만나더라도
서먹서먹하지 아니하고
오랜 인연을 맺은 것처럼
허물없이 지내는 사이.

지금에 와선 물 흐르듯이
흘러 함께 늙었으니
그것이 참으로 묘한 인연.

이를 두고 '시절 인연'이라고 하나니
오랜 인연因緣도
오고 가는 시기가 있기 때문일 테지.

지게

욕심은 부리는 것이 아닌 내려놓는 것,
하루를 살더라도 빚지지 아니하고
단순하게 소박하게 살아야지.
분신이었던 지게는 제 몫을 하고도
뭘 바라거나 불평하지 않아.

햇볕으로 손과 얼굴을 씻고
생명 불식을 화두로 삼아
살아 있는 동안은 살아 있는 몫을 해야지
공연히 밥만 축낼 수야
빈 지게 같은 인생이 아니라면…

열반송

선사들이 수행의 정점에서
깨달음을 읊은 오도송悟道頌과
입적하기 전에
마지막 깨달음인 열반송涅槃頌을
매우 중히 여기나니…

붓다가 인도 북부 고향으로
향해 가던 도중
쿠시나가르라는 곳에서
대장장이 아들 쭌다가 마련한
돼지고기*를 공양하고
식중독에 걸려 고생, 고생하시다가

---

* 일설에 의하면 버섯요리

입적하기에 이르렀음에도 불고不顧하고
쮸다가 앞으로 살아가며
비난받을 것이 뻔한데다
자책과 죄책감을 예견하고
그를 어루만지며
위로해 준 데다
육신은 무너져 내렸음에도
입적을 지키는 스님들에게 부탁하시기를
'모든 형상은 무너진다.
그러니 부지런히 정진하라.'고 하신 것이
붓다의 열반송 아니겠어.

달마

'출가란 절로 들어가기 위한 것이 아니라
도를 깨쳐 세상으로 나오는 데 있다.'며
오지 초막에 기거하면서
풀 한 포기, 새 한 마리도
도반으로 대화하며
자연을 불경과 법당으로 수도하는 스님.
'자연에 파묻혀 생활한다는 것은
구속받거나 걸림이 없으니까
자유를 누릴 수 있고
집도 절도 소유하지 않았으니
집착할 이유도 없으며
왔다가 가더라도 쓰레기 하나 남기지 않고
흔적 없이 갈 수 있으니 좀 좋아.'
하는 스님은 달마*가 현신한 것은 아닐까.

---

* 인도의 승려로 중국 남북조시대 선종의 시조

초대 손님

오랜 가뭄 끝에 내리는 단비처럼
스님의 밥상 앞으로
초대하고 싶은 손님 있어.
초대받은 손님은
귀한 신분인 줄 알았더니
뜻밖에도
땅에 떨어진 탱자 열매
마지막 단풍잎 하나
지나가는 비까지 포함해
자연을 초대하고
객원으로 자연을 요리하는
셰프를 초빙하면
식사 손님으로는 더 바랄 것이 없나니…

못 찾겠다, 꾀꼬리

아흔 넘은 노구임에도 경봉 스님*은
시자의 부축 받으며 법상에 오를 정도로
생애 자체가 무상 법문인 대선사께서
누군가가 찾아왔을 때
'극락엔 길이 없는데 우째 왔으며
그래, 뭐 하는 사람인고?'
하고 묻자 방문자는 멈칫하다가
'아, 네. 노래하는 사람입니다.'
그러자 시자를 대하듯이
'그렇다면 가서 꾀꼬리나 찾아보시게.'
하고 화두를 던졌으니…

가객 조용필의 「못 찾겠다, 꾀꼬리」는
이 일화에서 힌트를 얻은 것일러니.

---

* 본명 정석靖錫, 법명 경봉鏡峰. 근현대의 고승. 통도사 주지, 극락호국선
  원 조실 등 역임

궁상

평생 행자승으로 지닌 것은 일발일의一鉢一衣*
부처님 가르침 대로 무소유를 실천하며
30여 년 궁상을 떨면서
옷을 기워 입었는데도
기운 두세 벌의 승의가 분에 넘친다고
한 벌만 남기고 나머진 남 줄까 해.
낡고 헤진 승의에 연륜이 배어
알게 모르게 신통神通이며 묘용妙用이며
하는 진리가 깃들어 있는 데도.

남들은 문명시대에 굳이 산속으로 들어가
왜 그리 궁상떨며 지내느냐고 하지만
'도는 닦기 나름인데 궁상이라니
무슨 말씀을 섭하게 하서.' 하고 그냥 웃어넘겨.

---

* 밥그릇 하나, 옷 한 벌. 검소한 생활

사찰식

범종 소리에 잠이 깨 자리에서 일어나
새벽예불로 하루가 열리나니…

사찰음식으로 선의 경지에 든 고수가
이름 있는 셰프를 초대해 식사하며
법문 나누려고
바다 냄새 향긋한 바다풀 요리
마음에서 일어나는 대로
제철 식재료와 특성을 살린 요리
마를 갈아 빚은 찜 요리
특식인 표고버섯 조청 조림
세월 따라 진한 향이 깊어진 된장과 간장 풀어
마음과 몸을 녹여주는 배추국까지 끓여
소박한 사찰식을 마련했음이니…

성찬

앞에 펼쳐진 산과 능선이며
쏟아지는 햇빛을 보면서
공양하면
밥만 입에 떠넣고
씹고 있으면
찬 없이 먹는데도
밥이 달아서
있는 찬도 먹기 싫어져.

눈앞에 펼쳐진 풍광이
세상에 없는 성찬盛饌인 데야.

풍경 소리

지리산 반야봉 1,200m 고지
일반인은 출입 금지구역인
그곳에 암자 있어.

추녀 끝에 풍경을 매달아 놓으면
센 바람이 불 때마다
어디론지 흔적도 없이 사라져.

몇 번을 매달기를 시도하다 포기하고
풍경 대신 가을을 추녀에 달고
풍경은 출입문에 달아 놓았는데도
풍경 소리 맑고 곱기가
마치 극락에서 들려오는 소리 같다나.

1인 5역

자칭 타칭 스스로가
스승이 되고
스스로가
제자가 되는 1인 2역의 스님.
스스로
철저하게 점검하고
스스로
빈틈없이 통제하며
스스로
수도에 전념하니까
스님에게 1인 5역을
맡긴다고 해도 해내리니…

구산 스님

수많은 선승을 제자로 배출한 구산 스님*은
출가한 뒤로는
돌에서 자고 미숫가루로 공양했음이니…

큰스님은 제자들에게
'자네들, 참선하게나.
언제까지 해야 하느냐고 묻지 말고
목에 칼을 들어대고 협박하더라도
눈 하나 까닥하지 않고
버텨낼 수 있는 베짱이 생길 때까지 하게나.
그게 참선인 게야.'
하고 설법하셨음이니…

---

* 구산 수련九山 秀蓮 스님, 송광사 조계총림 초대 방장, 간화선看話禪의
세계화에 기여.

전유물

'당연하게도 불전이랍시고
형상을 만들어 절하고
예불을 드려야만
부처님 섬김이 되는 것인지.'하는
의문이 든 끝에
불상을 들어내고
마음속 깊숙이 남모를
부처님 모셔 두고
침묵 수행으로 일관했음이니.

이런 일의수관一意修觀은
스님만의 전유물일 테지.

중생

오지 암자에서 홀로 수도하는 스님
누구든 암자를 찾아오면
밥을 지어 공양케 해.
불을 때는 수고를 들이고 정성만 보태면
그보다 쉬운 일은 없다면서.

어느 날 관음이 꿈에 나타나
중생에게 사찰식을 베풀라는 계시받고
일을 시작하다 보니
나누는 마음은 가볍고 즐거워
계속하게 되었으며
재료만 넉넉하다면 많이 해 나눠먹고 싶은데
나이 들어 몸이 따라 주지 않는다는 스님은
나물로만 찬을 마련했는데도
중생을 행복으로 그득 차게 하나니…

둥근 것은

세상일이 그러하듯이
산중 적응도 다를 바가 없으니.
매일 매일 반복해 올리는
부처님의 공양을
정성스레 마련하는 것이
지겨울 수야.
행자승 시절부터 반복했는데도
지겹다는 생각조차 든 적 없어.

둥근 것을 둥근 줄 스스로 모르다가
남들이 둥글다고 해야 둥근 줄을 알듯이
뭐가 귀하고 중요한가를
모르는 것이 진정한 삶 아닐까 싶어.

마력

5년 전부터 비구니 스님과 함께
수행 중인 행자 스님.
두 사람의 인연은
우연히 서로를 보고 나서
'한번 만나야겠다.'고
생각한 끝에
한편이 옷가지 한둘 달랑 들고
찾아온 것이 계기라나.

그때 스님이 놀란 것은
'일반인이 이사를 이렇게 간단하게
할 수 있을까 하는…'
해서 수행 덕목의 하나인
소박한 삶의 마력魔力에 홀딱 반했음이니…

단풍

오지에서 수행하는 일흔여덟 든
노 스님에게
'젊은이보다 피부가 참 곱습니다.'하고
넌짓 여쭤보았더니
'곱기는 뭐가 그리 고와.
깨끗이 씻어 그렇지, 뭐.'하며
열없이 부끄러워해.

가을 한철 내내 단풍에 취해
단풍으로 세안하고 목욕하며
온몸으로 즐기다 보니
피부가 곱고 맑은 그 비결은 뒤로 감추고
왜 발설하지 아니하는 걸까?

완전체

40여 년 수행하며 침묵과 명상을 통해
단안을 내렸음이니…

스님은 맨발로 길을 나서
산속을 걷고 걸어
이름 없는 아이 무덤을 찾아내
고행의 장소로 정했나니.

아이 무덤을 선택한 이유로는
죽은 자는 아무것도 남기지 않았는데도
비움의 마지막 완성체로
남았음을 깨우치게 하기 때문이라나.

무소유

스님의 참선 도량道場은
사람이 살 수 있을까 하고
의구심이 드는 곳.
가구 하나 없는 데다
공기가 주인 노릇하는 텅텅 빈방.
그런 빈방을 10년 세월을
먹고 자고 수도하며
생활하는 공간우로 활용했으니…

무소유의 전범典範으로
욕심 없는 스님이랄 수밖에.

고백

바람이 불면 문을 드르륵 하고
치고 가는 것이
누가 찾아와 문을 두드리는 것 같아
문을 자주 열어본다는 스님.
그럴 때마다 사람은 더불어
존재한다는 것을 새삼 실감한다나.

인가와 멀리 동떨어져
오지에 들어와 산다는 것은
쉬운 일이 아닐 터.
사람에 대한 그리움은 최소 2, 3년은 가.
3년은 지나야 잊혀질까 말까
한다는 스님의 고백은 선문답일 테지

정갈함

육수 대신 쌀을 씻은 뜨물로
부드러운 맛 내고
국물 맛이 제대로 우러나게
볶은 깨도 넣어
드시는 분을 위해
마음을 가득 담아 한 상 차려 내나니.

제철 식재료를 사용한 사찰음식은
재료 본연의 맛과
정갈함은 기본.
한겨울 강추위에도
스님들의 육신을 든든하게 하나니…

자긍심

산을 들고 달아날까 봐 걱정되어
산을 지키려고 입산했다는 스님.

세상에 가진 것이라곤
주인 없는 풍광과
도척盜跖*이라도
훔쳐 갈 수 없는 청정 공기.

텅텅 비운 마음속에
부처님 모셨으니
마음은 제1 갑부라는 자긍심이 대단해
산도 알아서 모신다나.

---

* 盜跖, 춘추전국시대의 유명한 도적

청복

암자에 가만히 앉아 있으면
주변이 너무 고요해서
계곡의 물은 양이 적은데도
현악 4중주 연주해.
비가 많이 오는 여름철로는
천상 오케스트라까지
초빙해 수준 높은 연주까지 하나니…

물가에 잠자리를 마련해서
며칠 몇 날을 묵으며
심취하기를 다반사로 했으니
그 청복聽福* 어디 가 누리리.

---

* 안복眼福과 같은 조어. 귀가 즐겁고 행복함

구름

구름을 스승으로 삼아 산 지 30여 년
생과 사가 다르지 않듯이
구름에게 배운 것이 어디 한둘뿐이겠어.
'생야일편부운기生也一片浮雲起
사야일편부운멸死也一片浮雲滅' *
이란 어구처럼
흔적을 남기지 않는 것이며
무한히 한가로움을 느낀 것하며…

구름 따라 걷다 보면
인생의 답을 얻을 수 있으리니
구름이 지나간 곳마다
가을이 영근 것을 놓칠 수야…

---

* 삶이란 한 조각 생긴 뜬구름과 같고 죽음 또한 한 조각 뜬구름이 사라지
는 것과 같으니.

수행처

길이 있을 것 같지 않은데도
다니다 보면 길이 나듯이
골짜기를 수없이 건너야
비로소 도착할 수 있는 곳.

그런 험한 곳을 찾아서
수행처를 정한 것은
'행주좌와 어묵동정行住坐臥 語默動靜'*
이란 어구처럼
놓치지 않고 행해야 할 것은
앉으나 서나
수행에 몰입하는 것일 테지.

---

* 가거나 머물든, 앉거나 눕든, 말을 하거나 침묵을 지키든, 돌아다니거나
  조용히 있든

사는 것이

아침저녁으로 먹는 공양
반찬은 한두 가지
그것으로도 만족하며
즐길 수 있고
그렇게 먹어도
숨 쉬고 사는 데는 아무 지장이 없어.

소박한 삶을 누리며
간단히 먹고
구속되거나 구애받지 않고
사는 것이 산중생활의 즐거움 아니겠어.

부록

한편의 시를 짓기까지

반야바라밀다심경

시 한 편을 짓기 위한 사전 작업의 일환으로, 팔만대장경 한 장
을 번역하는데 얼마나 어려운 일인지 확인하기 위해 먼저 판경
「반야바라밀다심경」의 인쇄본부터 한자로 옮겼다.

반야바라밀다심경 인쇄한 판본

「般若波羅蜜多心經」

般若波羅蜜多心經 羽

唐三藏法師 玄奘 譯

觀自在菩薩行深般若波羅蜜多時

照見五蘊皆空度一切苦厄舍利子

色不異空空不異色色卽是空空卽

是色受想行識亦復如是舍利子是

諸法空相不生不滅不垢不淨不增

不減是故空中無色無受想行識無

眼耳鼻舌身意無色聲香味觸法無

眼界乃至無意識界無無明亦無無

明盡乃至無老死亦無老死盡無苦

集滅道無智亦無得以無所得故菩

提薩陀依般若波羅蜜多故心無罣

礙無罣礙故畝有恐怖遠離顚倒夢

想究竟涅槃三世諸佛依般若波羅

蜜多故得阿縟多羅三藐三菩提故

知般若波羅蜜多是大神呪是大明

呪是無上呪是無等等呪能除一切

苦眞實不虛故說般若波羅蜜多呪

卽說呪曰

揭諦揭諦 波羅揭諦 波羅僧揭

諦 菩提薩婆訶

般若波羅蜜多心經

戊戌歲高麗國大藏都監奉

勅彫造

윤문을 겸해 한글로 번역했다.

반야바라밀다심경 우

당나라 삼장법사 현장이 번역하다.

관자재보살이 깊이 반야바라밀다를 수행할 즈음, 오온을 조견하니, 모두 공이며 일체가 고액임을 헤아림이라. 사리자여, 색은 공과 다르지 않으며, 공 또한 색과 다르지 않으니, 공은 곧 색이오, 색 또한 공으로, 수·상·행·식도 이와 같으니. 사리자여, 이처럼 갖가지 법인 공상마저 생기지도 더럽지도 깨끗하지도 늘지도 줄지도 않느니. 이런 까닭으로 공 가운데는 색·수·상·행·식도 없고, 안·이·비·설·신·의도 없으며, 색·성·향·미·촉·법 또한 없고 안계나 의식계도 없느니. 또한 무명도 없고 무명이 다함도 없으며, 노사도 없고 노사가 다함도 없으며, 고·집·멸·도 또한 없고 지 또한 없으며 얻음도 없느니. 이로써 보리살타가 반야바라밀다에 의지하는 까닭은 마음에 거리낌이 없고 거리낌이 없는 까닭에 공포도 없으며 전도된다는 생각마저 멀리 해서 마침내 열반에 들었으니. 삼세의 여러 부처마저도 반야바라밀다에 의지한 탓으로 아뇩다라삼먁 삼보리를 얻었음이니. 이런 연유로 반야바라밀다를 깨쳐 신이함을 주문하며 밝음을 주문하고 위(上)도 없음을 주문하며 이 밖에도 없음을 주문함을 알리니. 더욱이 일체의 고를 없애서 진실되고 신실해져 허황됨이 없으므로 반야바라밀다를 주문으로 해 설법하니라.

설법을 주문하되,
아제 아제 바라아제 바라승아
제 보리사바하.
반야바라밀다심경

무술년 고려국 대장도감봉
칙명을 받들어 조조하다.

이런 과정을 거쳐 한 편의 시를 완성했다.

반야바라밀다심경

한때 법보 종찰 해인사에서는
반야바라밀다심경 판경을
전통적인 방법인
먹물 발라 눌러 찍어
탐방객에게 판매한 적도 있어.

반야바라밀다심경의 핵심은
불경의 팔만사천법문을
260자로 함축해서
정리해 놓은 오온五蘊,
삼과三科, 사제四諦,
십팔계十八界, 십이연기十二緣起.
이는 세상 어떤 물상이든
고정적인 형체 없음을
밝혀놓은 진리 곧 색즉시공, 공즉시색이니…

불보살뿐 아니라 일반 대중이라도
반야바라밀다심경을 외며
생활화한다면
반야의 지혜를 얻을 수 있고
공부하고 실천한다면 성불成佛할 수 있음이니,
그 이치 너무나 신묘해 주문*을 외나니…

* 주문- 아제 아제 바라아제 바라승아제 보리사바하. (가니 가
니 건너가니, 건너편으로 건너가니 깨달음이 있네. 기쁘도다!)
　특히 주문을 "가니 가니 건너가니…"처럼 번역하지 않은 이
유는 깊고도 오묘한 진리를 언어로서는 나타낼 수 없으며 혹 언
어로 나타낸다고 하더라도 크게 깨친 경지가 아니면 진경을 알
수 없기 때문이라고 한다. 아울러 공의 진리를 해석하고 사랑하
면 분별심이 떨어져 진경에 들 수 없기 때문이기도 하다.
　따라서 일체의 사랑, 계교심計較心- 사람을 보되 목적으로 보
지 않고 자신의 이로움을 얻기 위한 수단-을 버리고 독송해 지
극한 부처의 힘을 얻으려고 정진하기 때문에 번역하지 않는다
고 한다.

　김장동은 동국대학교 국문학과 졸업 및 동 대학원을 수료, 한양대학교 대학원에서 문학박사를 취득. 경력으로는 국립대 교수, 대학원장, 전국 국공립대학교 대학원장 협의회 회장 등을 역임했음.

　저서로『조선조역사소설연구』,『조선조소설작품논고』,『고전소설의 이론』,『국문학개론』,『문학강좌 27강』등. 월간문학 소설부분으로 문단에 등단해 소설집으로『조용한 눈물』,『우리 시대의 神話』,『기파랑』,『천년 신비의 노래』,『향가를 소설로 오페라로 뮤지컬로』등. 장편소설로는『첫사랑 동화』,『후포의 등대』,『450년만의 외출』,『이 세상에서 가장 오랜 시간에 걸쳐 쓴 편지』,『대학괴담』,『교수와 카멜레온』등.

　시집으로『내 마음에 내리는 하얀 실비』,『오늘 같은 먼 그날』,『하늘 밥상』,『간이역에서』,『하늘 꽃밭』, 합본『부끄러움의 떨림』, 합본『사랑을 심다』, 합본『작은 맛 큰 맛』, 합본『맞춘 행복』, 시선집『한 잔 달빛을』,『산행시 메들리』, 테마시선『그리움과 사랑이 시가 되어』, 시 창작 노트『삶의 고비마다 악센트 한둘쯤』,『손 편지를 쓰듯 이 시를 짓다』등.

　에세이집으로『마음을 움직이는 배려』,『이야기가 있는 국보 속으로』, 문집으로는『시적 교감과 사랑의 미학』,『생의 이삭, 생의 앙금』이 있으며『김장동문학선집』9권,『팔순기념문선』12권이 있음.

불교시 선집

佛의 불자도 모르는 고얀 것

| 초판 1쇄 인쇄일 | | 2024년 7월 22일 |
| 초판 1쇄 발행일 | | 2024년 7월 31일 |

지은이		김장동
펴낸이		한선희
편집/디자인		정구형 이보은
마케팅		정찬용 김형철
영업관리		한선희 정진이
책임편집		이보은
인쇄처		으뜸사
펴낸곳		국학자료원 새미(주)
		등록일 2005 03 15 제25100−2005−000008호
		경기도 고양시 권율대로 656 클래시아 더 퍼스트 1519, 1520호
		Tel 02)442−4623 Fax 02)6499−3082
		www.kookhak.co.kr
		kookhak2010@hanmail.net

| ISBN | | 979-11-6797-169-2 (03800) |
| 가격 | | 12,000원 |

* 저자와의 협의하에 인지는 생략합니다.
잘못된 책은 구입하신 곳에서 교환하여 드립니다.
국학자료원·새미·북치는마을·LIE는 국학자료원 새미(주)의 브랜드입니다.